SOUVENIR

DE LA

GALERIE

(Seconde Partie)

DE FEU

SA MAJESTÉ GUILLAUME II,

ROI DES PAYS-BAS, PRINCE D'ORANGE-NASSAU, GRAND-DUC
DE LUXEMBOURG, ETC. ETC. ETC.

Vendue à la Haye, le 9 Septembre 1851,

AVEC ANNOTATION AUTHENTIQUE

DES PRIX ET DES ACQUÉREURS.

AMSTERDAM,
CHEZ W. WILLEMS, LIBRAIRE.
1851.

Provenu des Tableaux Anciens. . . . . *f* 170,717

   »   »   »   Modernes . . . . »   24,594

   »   »   Dessins et Estampes . . . »   526

   »   »   Sculptures etc. . . . . . . »   79

Ensemble. . *f* 195,916

TABLEAUX ANCIENS.

ÉCOLE FLAMANDE.

No.			PROVENU.		NOMS DES ACQUÉREURS.
1.	ᵉD. DE HAARLEM. La vengeance d'Othon III.		ƒ	7650	Roos.
2.	»	L'acte de justice d'Othon III.			
3.	J. HEMLING. Sait-Étienne.		»	3800	Brondgeest.
4.	»	Saint-Christophe.			
5.	»	Portrait d'une jeune dame.	»	530	Weimar. a
6.	»	Saint-Luc.	»	195	Brondgeest.
7.	»	(style de) Saint-Luc.	»	105	Le même.
8.	J. DE MABUSE. (Manière de) David et Betzabé.		»	92	Engelberts.
9.	QUINTE METZYS. Le Buste du Christ.		»	1580	Roos.
10.	»	» de la Vierge.			
11.	B. V. ORLEY. L'enlèvement des troupeaux de Job.		»	4900	Le même.
12.	»	Le festin des enfants de Job.			
13.	»	Job sur le fumier.			
14.	»	Guérison et glorification de Job.			
15.	»	La mort du Juste.			
16.	»	La Vierge et l'enfant Jésus.	»	1390	Brondgeest. b
17.	»	La sainte Trinité.	»	200	Viruly.
18.	»	(Attribué à) Sujet Allégorique.	»	15	Swaab, Jr.
19.	Q. METZYS. (d'après) Bustes du Christ et de la Vierge.		»	15	Le même.

N°.			PROVENU.		NOMS DES ACQUÉREURS.
20.	J. DE MABUSE.	La descente de croix.	f	1800	Dingwal.
21.	»	Saint-Jean Baptiste.	»	3900	Brondgeest.
22.	»	Saint-Pierre.			
23.	»	(Attribué à) Le Christ avant la flagellation.	»	32	Engelberts.
24.	»	(Éc. de) La vie de St.-Augustin.	»	1375	Brondgeest.
25.	»	» Adoration des Mages.	»	355	Engelberts.
26.	»	Portement de la croix.	»	1175	Roos.
27.	L. DE LEYDEN.	L'adoration des Mages.	»	40	Finck
28.	J. HOLBEIN.	(Manière de) Portrait.	»	10	Le même.
29.	»	(d'après) Portrait.	»	105	Engelberts.
30.	»	(École de) Deux portraits.	»	41	Swaab, Jr.
31.	L. LOMBARD.	Une Vision ; sujet allégorique.	»	1425	Brondgeest.
32.	»	Passage de la mer rouge.	»	1150	Roos.
33.	»	Les fléaux de Dieu.	»	1450	Brondgeest.
34.	V. D. MEIRE.	(École de) St.-François d'Assise.	»	135	Le même.
35.	V. EYCK.	(Éc. de) La présentation au temple	»	67	Nieuwenhuijs.
36.	École antique.	Portrait d'Érasme.	»	10	Hollander.
37.	École de Bruges.	Sainte Famille.	»	240	Roos
38.	M. COXCIE.	Sainte Cécile.	»	1725	Brondgeest.
39.	»	Un choeur d'Anges.			
40.	»	Les ermites en pélérinage.			
41.	»	Même sujet.			
42.	»	Les milices du Christ.			
43.	»	Même sujet.			
44.	P. P. RUBBENS.	La sainte Trinité.	»	5900	Le même.
45.	»	Le dernier de César.	»	7000	Dingwal.
46.	»	La Chasse aux sangliers.	»	17950	Scheurleer.
47.	»	Portrait de Marie de Médicis.	»	3000	Brondgeest.
48.	»	(Man. de) Sacrifice d'Abraham.	»	20	Van Heun.

N°.		PROVENU.	NOMS DES ACQUÉREURS.
49. A. van Dyk. (Attr. à) La Vierge et l'enfant.	*f*	975	*Roos.*
50. » (École de) Portrait.	»	165	*Brondgeest.*
51. » » »	»	44	*Le même.*
52. » » Portrait de Rubbens.	»	160	*Nieuwenhuijs.*
53. J. Jordaens. Neptune et Amphitrite.	»	900	*Brondgeest.*
54. » L'adoration des Mages.	»	290	*Le même.*
55. » Le portement de la croix.	»	190	*Le même.*
56. Zeegers. Guirlande de fleurs.	»	33	*Goudsticker.*
57. J. Mijtens. Paysage avec figures.	»	50	*Van der Pijl.*
58. D. Teniers (Manière de) Un pharmacien.	»	30	*Folsom.*
59. Inconnu. (École Flamande) Hugues Perand.	»	31	*Brondgeest. b.*

ÉCOLE HOLLANDAISE.

N°.		PROVENU.	NOMS DES ACQUÉREURS.
60. J. de Baan. Portrait.	*f*	91	*Brondgeest.*
61. Bakhuizen. (signé) Deux grisailles.	»	115	*Dingwal.*
62. Bakker. Portrait.	»	16	*Enthoven.*
63. » Conseil de Bourguemestres.	»	60	*Thijssen.*
64. J. Berkheiden. Départ de Guillaume III.			*Pas vendu.*
65. » Intérieur de la Haye.	»	153	*de Vries.*
66. A. Cuyp. Intérieur d'écurie.	»	1030	*Brondgeest. b*
67. G. Coques. Tableau de famille.	»	1220	*Le même.*
68. J. Delff. Deux Portraits.	»	92	*Le même.*
69. » Portrait.	»	43	*Le même.*
70. G. Flinck. Portrait d'un magistrat.	»	110	*Le même.*
71. » Portrait.	»	32	*Hollander.*
72. » (style de) Portrait.	»	35	*Enthoven.*
73. D. Hals. Un Guerrier.	»	31	*Brondgeest. b*
74. Hanneman. Portrait de femme.	»	17	*Oltmans.*
75. B. v. d. Helst. (Manière de) Portrait.			*Pas vendu.*
76. J. van Keulen. Portrait.	»	14	*Brondgeest.*

No.		PROVENU.		NOMS DES ACQUÉREURS.
77.	PH. DE KONINGK. Portrait.	*f*	20	*Finck.*
78.	N. MAAS. Tableau de famille.	»	150	*Le même.*
79.	» Corneille de Witt et sa femme.	»	110	*Brondgeest. b*
80.	» Jean de Witt.	»	190	*Weimar. a*
81.	MIEREVELD. Oldenbarneveldt.	»	81	*Faber van Riemsdijk.*
82.	» Portrait.	»	8	*Hollander.*
83.	» Portrait.	»	10	*Finck.*
84.	» Portrait.	»	18	*v. d. Kasteele.*
85.	» (Manière de) Portrait.	»	8	*A. Reickel.*
86.	C. DE MOOR. Portrait.	»	31	*Swaab, Jr.*
87.	A. B. DE MOULIN. Portrait.	»	23	*Enthoven.*
88.	NETSCHER. (Manière de) Portrait.	»	33	*Engelberts.*
89.	REMBRANDT. Buste d'un Guerrier.			*Pas vendu.*
90.	SAVARY. Le château à Terveuren.	»	21	*Enthoven.*
91.	CHEV. VAN DEN TEMPEL. Portrait.	»	6	*Slaes Cox.*
92.	» Portrait.	»	20	*Le même.*
93.	G. VAN DE VELDE. Marine.	»	1975	*de Vries.*
94.	P. VERELST. Deux portraits.	»	200	*Brondgeest.*
95.	P. WOUWERMAN. Vue d'un château.	»	160	*Finck.*
96.	SAVERY. Chasse aux sangliers.	»	41	*Hartogensis.*
97.	C. NETSCHER. (d'après) Portrait.			*Pas vendu.*
98.	PALAMEDES. (Manière de) Deux portraits.	»	28	*Hartogensis.*

ÉCOLE ALLEMANDE.

99.	A. DURER. Saint-Hubert.	»	1010	*Enthoven.*

ÉCOLE FRANCAISE.

100.	C. ARMAND. Sujet de l'Histoire sainte.	*f*	41	*Viruly.*
101.	C. GELÉE dit LE LORRAIN, Un Port de mer.	»	6300	*Brondgeest.*

N⁰.		PROVENU.	NOMS DES ACQUÉREURS.

N⁰.	PROVENU	NOMS DES ACQUÉREURS
102. C. Gelée. Les réjouissances du mariage d'Isaac avec Rebecca.	ƒ 1850	*Brondgeest.*
103. C. Gelee.(Attr. à)Départ de la reine de Saba.		
104. G. Poussin. Paysage.	» 190	*Le même.*

ÉCOLE ESPAGNOLE.

105. B. E. Murillo. l'Assomption de la Vierge.	ƒ 24550	*Brondgeest.*
106. » (Attr. à) Sainte Famille.	» 875	*Le même.*
107. D. D. Velasques. Portrait d'une femme.	» 350	*Brondgeest. b*
108. » Idem d'un jeune homme.	» 125	*Le même.*
109. J. de Ribeira Spagnoletto. Sainte famille.	» 6500	*Weimar.*
110. » Saint-Jean Baptiste.	» 200	*Slaes Cox.*
111. Inconnu. Saint-François.	» 155	*Slaghek.*
112. » Enfant avec un chat.	» 54	*Guijot*
113. » Étude d'enfants.	» 20	*Van Heun.*
114. » La Vierge et l'Enfant,	» 155	*Neubauer.*

ÉCOLE ITALIENNE.

115. Canaletti. Vue de Venise.	ƒ 1185	*Roos.*
116. » Même sujet (pendant).		
117. A. Carrachi. Le Christ mort sur les genoux de la Vierge.	» 1460	*Brondgeest.*
118. G. Rheni. (Attribué à) La Madeleine.	» 1475	*Le même.*
119. Giorgone. (Attribué à) Trois portraits.	» 975	*Roos.*
120. I. de Imola. Sainte famille.	» 1200	*Dingwal.*
121. B. Luini. St.-Sébastien attaché à un arbre.	» 6000	*Weimar,*
122. » Ste.-Cathérine avec deux anges,	» 4975	*Brondgeest.*
123. P. Pérugin. Saint-Augustin.	» 6000	*Weimar.*
124. Palma Vecchio. Sainte famille.	» 2450	*Roos.*
125. J. Romain. St.-Jean dans le désert.	» 450	*Brondgeest b.*
126. A. del Sarto. Une sainte famille.	» 6950	*Brondgeest.*
127. » (Copie d'après) La Vierge et l'Enfant.	» 90	*Campbell.*

N°.		PROVENU.	NOMS DES ACQUÉREURS.
128. B. Schidone. La Madeleine.		*f* 1750	*Brondgeest.*
129. Titien Vecelli. Philippe II, jouant de l'orgue en présence de sa maîtresse.		» 5950	*Roos.*
130. » Triomphe de la religion.		} » 5900	*Le même.*
131. » Triompe de la science.			
132. » (Att.) Les Pélerins d'Emmaüs.		» 1050	*Le même.*
133. Le Titien. (d'après) Charles Quint.		» 132	*Brondgeest b.*
134. L. da Vinci. (d'après) Portrait.		» 510	*Nieuwenhuijs.*
135. Guido Rheni. (Copie d'après) St. Famille.			*Pas vendu.*
136. Salvator Rosa. (Manière de) St. Sébastien.		» 17	*Hooft.*
137. École Italienne. La Vierge à la pomme.		» 40	*Mattens.*
138. » » Sainte Famille.		» 155	*Brondgeest. b.*

DIFFÉRENTS MAITRES INCONNUS.

139. Sujets de saints 2 ps.		*f* 51	*Swaab. Jr.*
140. L'entrée à Jérusalem.		» 54	*Tengwal.*
141. La flagellation.		» 21	*Sala.*
142. St. Jérôme.		» 7	*Mac van Way.*
143. St. Famille.		» 190	*Harrington.*
144. »		» 24	*Hollander.*
145. La bénédiction d'Isaac.		» 3	*Mac van Way.*
146. Paysage avec bétail.		» 20	*Brondgeest.*
147. Deux Paysages.		} » 13	*van Alphen.*
148. La piété filiale.			
149. Portrait d'un personnage de distinction.		» 2	*Thijssen.*
150. » d'homme.		» 13	*Enthoven.*
151. » d'un magistrat.		» 10	*v. d. Kasteele.*
152. » d'homme âgé.		» 7	*Le même.*
153. » d'un homme distingué.		» 181	*Brondgeest. b*
154. » de femme.		» 17	*Le même.*

No.		PROVENU.		NOMS DES ACQUÉREURS.
155.	Portrait de femme.	*f*	20	*Enthoven.*
156.	» d'un Amiral Hollandais.	»	5	*Willems.*
157.	» » » »	»	45	*Le même.*
158.	» » » »	»	46	*Brondgeest. b*
159.	» d'un jeune homme.	»	4	*Brondgeest.*
160.	» d'un guerrier.	»	36	*Willems.*
161.	» d'un jeune fille.	»	26	*Hooft.*
162.	» de Marie Stuart.			*Pas vendu.*
163.	» d'un abbé.	»	20	*Victor.*
164.	» du roi et de la reine de Bohème.	»	50	*Engelberts.*
165.	» d'homme.	»	10	*Enthoven.*
166.	» »	»	10	*Brondgeest. b*
167.	» de Philippe II.	»	2	*Hollander.*
168.	» d'un Cardinal.	»	6	*Brondgeest. b*
169.	Un enfant.	»	34	*Le même.*
170.	Portrait de jeune fille.	»	3	*Enthoven.*
171.	» d'un jeune homme.	»	20	*v. d. Poll.*
172.	» d'une jeune dame.	»	16	*v. d. Kasteele.*
173.	» »	»	17	*Le même.*
174.	» d'une petite fille.	»	11	*Brondgeest.*
175.	Deux jeunes filles.	»	53	*Dircksen.*
176.	Portrait d'un jeune homme.	»	1	*Hooft.*
177.	» d'un guerrier.	»	7	*v. d. Poll.*
178.	» d'un homme de distinction.	»	11	*Enthoven.*
179.	Tête d'ange.	»	5	*Hartogensis.*
180.	Pièce de fruits.	»	14	*Mac van Way.*
181.	Un enfant.	»	8	*Guijot.*
182.	Le dernier jugement.	»	25	*Hollander.*
183.	Volet d'Autel.	»	25	*Brondgeest.*
184.	Portrait manière de Holbein.	»	2	*Thijssen.*

Nº.		PROVENU.		NOMS DES ACQUÉREURS.
185. Portrait style de P. P. Rubbens.	*f*	3		*Hollander.*
186. Sujet allegorique.				*Pas vendu.*
187. Paysage.	»	1		*Brondgeest.*
188. Portrait style de F. Hals.	»	2		*Finck.*
189. St. Pierre.	»	1		*Burnier.*
190. Siméon.	»	7		*Mac van Way.*
191. Serment des trois suisses.	»	25		*Brondgeest. b*
192. Deux portraits.	»	7		*Mac van Way.*

TABLEAUX MODERNES.

		PROVENU.		NOMS DES ACQUÉREURS.
193. H. VAN ASSCHE. Une ferme.	*f*	29		*Oltmans.*
194. » Paysage.	»	44		*Le même.*
105. N. BAUER. Marine.	»	60		*Engelberts.*
196. » Eau calme.	»	51		*Le même.*
197. P. BARBIERS. Deux paysages.	»	31		*Mac van Way.*
198. J. C. BEHR. Copie d'après Guido Rheni.	»	17		*Roos.*
199. J. BERENDT. La noce de Cana.	»	17		*Campbell.*
200. J. A. R. BEST. Famille rustique.	»	52		*Engelberts.*
201. DE BOER. *La garde Nationale* de Rembrandt. Copie.				*Pas vendu.*
202. » *La paix de Munster* de van der Helst. Copie.				*Pas vendu.*
203. PH. VAN BREE. La reine Blanche.	»	155		*Hollander.*
204. M. VAN BREE. Esquisse.	»	40		*de Jong.*
205. H. VAN DER BURGH. Portrait de J. Cats.	»	41		*Mouton.*
206. J. DE CARTON. Paysage.	»	28		*Engelberts.*
207. C. CELS. Une fille.	»	26		*Sala.*
208. J. CORRENS. Jeune dame.				*Pas vendu.*

N°.		PROVENU,	NOMS DES ACQUÉREURS.
209. C. COENE. Paysage.	f	20	Mouton.
210. J. COENE. Halte de Cosaques.	»	28	Le même.
211. A. J. COUWENBERG. Paysage.	»	11	de Jong.
212. A. DAIWAILLE. Paysage.	»	44	Mouton.
213. E. DANEKES. Marine.	»	5	Westenberg.
214. DAVID. (École de) Moïse sauvé,	»	51	Hollander.
215. DEL CRUZ. Lazaroni.	»	28	Slaghek.
216. L. DESPRETS. Un homme.	»	50	Nieuwenhuys.
217. » Pièce de fleurs.	»	20	de Jong.
217.* » »	»	92	Nieuwenhuys.
218. DREIBHOLTZ. Marine.	»	85	Vrieswijk.
219. H. DUVIC. Paris et Hélène.	»	50	Campbell.
220. J. J. EECKHOUT. Assassinat de Guillaume le Taciturne.			Pas vendu.
221. E. J. EELKAMA. Fleurs.	»	31	Schroot.
222. » »	»	72	Nieuwenhuys.
223. EVERTS. Deux figures.	»	35	Stevens.
224. R. VAN EYSDEN, Intérieur.	»	52	Finck.
225. P. C. LA FARQUE. Deux vues à la Haye.	»	180	Guyot.
226. A. FRANÇOIS. Une jeune fille.	»	16	van Gogh.
227. GERLACH. Paysage.			Pas vendu.
228. G. SMAK GREGOOR. Prairie avec bétail.	»	71	Mac van Way.
229. » » Paysage.	»	60	Campbell.
230. GRETSER. Intérieur d'église.	»	52	v. d. Pijl.
231. » Un antiquaire.	»	51	Schroot.
232. TH. GUDIN. Mer orageuse.	»	900	Roos.
233. » Marine.	»	1000	Brondgeest.
234. G. G. HAANEN. Une fille.	»	100	Lamme.
235. » Intérieur d'église.	»	43	Verheul.
236. G. H. HEIN. Paysage.	»	112	Hollander.

N°.		PROVENU.		NOMS DES ACQUÉREURS.
237.	HENTZEPEETER. Un soldat.	f	11	*Mouton.*
238.	HILDEBRANDT. Deux paysages.	»	320	*v. Heeckeren.*
239.	J. HELLEMANS. Paysage.	»	140	*Lietz.*
240.	W. HEYMANS. Un savoyard.	»	41	*Brondgeest. b*
241.	J. HILVERDINK. Paysage.	»	21	*Slaghek.*
242.	D. DE HOOP. *Le maître d'école* de Dou; copie.	»	112	*Brondgeest. b.*
243.	» La tentation de St. Antoine.	»	50	*Le même.*
244.	C. C. HUISMANS. Intérieur.	»	55	*Leesbergen.*
245.	J. N. HUYS. Cabaret.	»	72	*v. d. Poll.*
246.	JOHANNOT. Départ de Marie Stuart.	»	235	*G. de Vries.*
247.	JONES. Prairie.	»	160	*Roos. x*
248.	E. ISABEY. Mer agitée.	»	205	*G. de Vries.*
249.	B. J. JOLLY. Une jeune dame.	»	98	*Engelberts.*
250.	J. KOBELL. Prairie.	»	3950	*Brondgeest.*
251.	B. C. KOEKKOEK. Vue de Heidelberg.	»	1250	*Le même.*
252.	M. A. KOEKKOEK. Paysage.	»	22	*Roos.*
253.	B. C. KOEKKOEK. (École de) Paysage.	»	47	*Le même.*
254.	» » »	»	100	*van Gogh.*
255.	» » »	»	51	*Roos.*
255.*	» » »	»	34	*Brondgeest. b*
256.	» » »	»	62	*Engelberts.*
257.	J. A. KNIP. Intérieur d'écurie.	»	100	*Folsom.*
258.	H. A. KNIP. Une bruyère.	»	75	*G. de Vries.*
259.	H. A. KRAUSZ. A. Brouwer.	»	40	*Engelberts.*
260.	C. KRUSEMAN. St. Jean Baptiste prêchant dans le désert.			*Pas vendu.*
261.	M. A. KUYTENBROUWER. Vue panoramatique.	»	75	*Slaghek.*
262.	T. LAUSIUS. Escarmouche.	»	26	*Brondgeest. b*
263.	LEEHNEN. Fruits.	»	7	*Roos. x*

No.		PROVENU.		NOMS DES ACQUÉREURS.
264. C. Leickert. Une rivière.		*f*	57	*Völcker.*
265. » Port de mer.		»	25	*van Gogh.*
266. H. Leys. Intérieur de ville.		»	1960	*v. d. Wijnperse.*
267. J. van Liefland. Intérieur de ville.		»	112	*v. Heeckeren.*
268. H. Lot. Paysage.		»	36	*Hollander.*
269. Kraurig. Vue de Gand.		»	33	*Folsom.*
270. Maillart. Paysage.		»	21	*Schroot.*
271. A. Meulemans. Magasin de pharmacien.		»	46	*Brondgeest. b*
272. Mol. Lit de mort de Guillaume le Taciturne.				*Pas vendu.*
273. C. Muller. Le Christ devant Pilate.		»	102	*Slaghek.*
274. C. J. Nieuwenhuys. Portraits des frères van Eyk.		»	85	*Brondgeest. b*
275. P. F. de Noter. Vue de Gand.		»	81	*Slaes Cox.*
276. J. Odevaere. Masaniello.		»	25	*Roos. x*
277. Paelinck. Scène historique.		»	30	*Campbell.*
278. » Même sujet.		»	30	*Le même.*
279. Tillement. Départ pour la chasse.		»	138	*Roos. x*
280. P. Plas. Intérieur d'écurie.		»	105	*Schroot.*
281. L. Pluyms. Un pharmacien.		»	48	*Mouton.*
282. G. J. Pruym. Paysage.				*Pas vendu.*
283. G. J. Pruym. Paysage.		»	58	*van Gogh.*
284. Radin Saleh. Portrait.		»	27	*Oltmans.*
285. » Un vieillard.		»	75	*Neubauer.*
286. » Naufrage.		»	72	*Hollander.*
287. J. van Ravenswaay. Un vacher.		»	17	*Roos. b*
288. J. van Regenmorter. Vue d'Anvers.		»	24	*Mattens.*
289. J. Renter. Paysage.		»	53	*Le même.*
290. Rochussen. Paysage.		»	31	*Viruly.*
291. » Évasion de H. de Groot.		»	51	*Brondgeest. b*
292. N. J. Rooseboom. Paysage.		»	165	*Vrieswijk.*

N°.		PROVENU.		NOMS DES ACQUÉREURS.
293.	J. B. LE ROY. Paysage.	f	92	Sala.
294.	J. RUYTEN. Une auberge.	»	115	Finck.
295.	A. SCHELFHOUT. Plage et paysage, 2 ps.	»	290	Lamme.
296.	C. VAN SPAANDONCK. Fleurs.	»	135	Engelberts.
297.	» »	»	110	Le même.
298.	» »	»	225	Lamme.
299.	» »	»	165	Engelberts.
300.	P. VAN SCHENDEL. Effet de lumière.	»	52	Sala.
301.	A. SCHEFFER. Les trois mages.	»	4450	Brondgeest.
302.	M. SCHOUMAN. Mer houleuse.	»	100	Schroot.
303.	» Mer agitée.	»	100	Viruly.
304.	» Vue sur l'Escaut.	»	25	Klis.
305.	G. SMAK GREGOOR. Vue de Dordrecht.	»	65	Mac van Way.
306.	STOOPENDAAL. Victoire de de Ruyter, 1667.	»	39	Brondgeest.
307.	A. VAN STRY. Intérieur de cuisine.	»	195	Engelberts.
308.	J. TAVENRAAT. Paysage.	»	56	Viruly.
309.	H. H. TEMMINCK. La nécromancienne.	»	34	Mattens.
310.	TOM. Vue dans le parc de S. M. Guillaume II.	»	112	van Brienen.
311.	» Prairie.	»	37	Brondgeest.
312.	V. DE VAE. Vue à Anvers.	»	21	Mattens.
313.	E. J. VERBOECKHOVEN. Paysage.	»	1085	Viruly.
314.	VERBURGH. Paysage.	»	20	Ellinkhuizen.
315.	J. H. VERHEIJEN. Vue d'Utrecht.	»	200	Lamme.
316.	P. VERTIN. Intérieur d'une ville.	»	70	Rooseboom.
317.	VOELCKER. Fleurs.	»	30	Finck.
318.	» Jardin de roses.	»	52	Le même.
319.	VAN WEERDEN. L'Hôtel de ville à la Haye.	»	44	Guyot.
320.	H. DE WILDE. Vieille femme.	»	41	Mattens.
321.	P. VAN WOENSEL. Fleurs.	»	20	Klis.
322.	A. WULFAERT. Scène d'inondation.	»	90	Folsom.

Nº.		PROVENU.	NOMS DES ACQUÉREURS.
323. A. WULFAERT. Une jeune fille.	f	30	*Brondgeest. b*
324. P. J. WIJNGAERDT. La bénédiction pater- nelle.	»	66	*Slaes Cox.*
325. WATTEAU. (École de) Un monsieur et une dame.	»	60	*Brondgeest. b.*
326. A. VAN 'T ZANT. Paysage.	»	61	*Vrieswijk.*
327. GERSTENHAUER ZIMMERMAN. Le jeu de cache- cache.	»	78	*de Vries.*
328. A. F. ZURCHER. Les Horaces.	»	40	*Neubauer.*
329. REMBRANDT. (d'après) Portrait de femme.	»	20	*Brondgeest. b*
330. Signé W. D. Intérieur.	»	77	*de Vries.*
331. Signé V. D. K. Jeune fille.			*Pas vendu.*
332. Signé G. S. Judith.	»	22	*Campbell.*
333. Marqué F. P. Paysage.	»	130	*Viruly*

MAITRES INCONNUS.

Nº.		PROVENU.	NOMS DES ACQUÉREURS.
334. Vue d'un château.	f	12	*Hartogensis.*
335. Paysage, effet de clair de lune.	»	10	*Swaab Jr.*
336. Vue du château Versailles.	»	10	*Mac van Way.*
337. Quatre vues de ruines.	»	25	*Sala.*
338. La visite d'Élisabeth.	»	1	*Brondgeest.*
339. Intérieur d'une ville.	»	10	*Dircksen.*
340. J. Steen dans son atelier.	»	42	*Hartogensis.*
341. Un Ange.	»	15	*Enthoven.*
342. Copie de RAPHAEL: »La Vierge au voile.''			*Pas vendu.*
343. Les faits de van Speyk et de Hobein.	»	50	*Guijot.*
344. David devant le Roi Saül.	»	20	*Slaes Cox.*
345. Sujet allégorique.			*Pas vendu.*
346. Chèvres au pâturage.	»	45	*Vrieswijk.*
347. Vue du château d'Orange.	»	30	*Brondgeest. b*

N⁰.		PROVENU.		NOMS DES ACQUÉREURS.
348.	Vue d'Oranienstein.	*f*	10	*Brondgeest. b*
349.	Le billet de logement.	»	9	*Oltmans.*
350.	Paysage.	»	4	*Mac van Way.*
351.	Tête de capucin.	»	11	*Brondgeest. b.*
352.	Tête de Christ.	»	5	*Campbell.*
353.	Deux études de têtes riantes.	»	11	*Viruly.*
354.	Portrait d'une jeune fille.	»	6	*Nieuwenhuys.*
355.	Le dernier supplice de Jane Gray.	»	16	*Ellinkhuizen.*
356.	Bouquet de fleurs.	»	11	*Schroot.*
357.	Fête populaire à Gand.	»	6	*Hartogensis.*
358.	Intérieur d'une cave.			
359.	Quelques fruits.	»	26	*Schroot.*
360.	Une femme lisant un livre.	»	41	*Brondgeest. b*
361.	Cupidon aiguisant ses flèches	»	5	*Le même.*
362.	Un Invalide.	»	26	*Weimar.*
363.	Prairie avec bétail.	»	13	*Viruly.*
364.	Vue sur Middelbourg.	»	21	*Vrieswijk.*
365.	Copie d'après un portrait de femme de Rembrandt.	»	33	*Brondgeest. b*
366.	Un paysage avec bétail.	»	16	*Hartogensis.*
367.	Paysage en Allemagne.	»	1	*Brondgeest b,*
368.	Un Faune; grisaille.			*Pas vendu.*
369.	Scène historique.	»	21	*Nuyen.*
370.	Intérieur de l'église de Delft.	»	20	*Finck.*
371.	Deux différents incendies.	»	15	*Hooft.*
372.	Deux peintures chinoises.	»	27	*Verbeek.*
373.	Vue dans la Haye.	»	2	*Guyot.*
374.	Une Napolitaine.	»	5	*Otterloo.*
375.	Deux pièces; portraits de chevaux.	»	5	*Viruly.*
376.	Vue d'une maison de campagne.	»	14	*Ellinkhuizen.*

N°.		PROVENU.	NOMS DES ACQUÉREURS.
377. Deux pièces; jeunes mendiants.	*f*	26	*v. d. Pÿl.*
378. Un jardinier.	»	21	*Mouton.*
379. Paysage en Suisse.	»	8	*Engelberts.*
380. Idem en Hollande.	»	36	*Chardet.*
381. Deux garçons.	»	11	*Hartogensis.*
382. Intérieur.	»	11	*Sala.*
383. Portrait d'homme.	»	1	*Gaal.*
384. Une fille.	»	1	*Roos.*
385. Copie d'après un tableau de R. DE VRIES.	»	4	*v. d. Pÿl.*
386. Portrait d'une Italienne.	»	10	*Brondgeest. b*
387. L'amour aiguisant ses flèches.	»	6	*Le même.*
388. Vue près de Rome.	»	2	*Le même.*
389. Un paysage montagneux.	»	19	*Hartogensis.*
390. Portrait du cardinal Mazarin.	»	8	*Brondgeest.*
391. Différents ornements de cheminée.	»	27	*Swaab. Jr.*
392. Quelques tableaux par Lots.	»	323	*Differents acquéreurs.*

DESSINS ET ESTAMPES ENCADRÉS.

N°.				PROVENU.	NOMS DES ACQUÉREURS.
1. MICHEL-ANGE. Étude d'homme.			*f*	25	*Enthoven.*
2. » (Attr. à) Descente de croix.			»	19	*Le même.*
3. » » Deux figures académiques.			»	15	*Le même.*
4. » » Étude de divers fragments.			»	13	*Le même.*
5. CORREGIO. Esquisse.			»	26	*Le même.*
6. TITIEN. (Signé) La bataille de Constantin.			»	60	*Le même.*
7. P. DE CARRAVAGIO. Deux études.			»	22	*Slaes Cox.*

No.		PROVENU.		NOMS DES ACQUÉREURS.
8.	P. P. Rubbens. Un chien et de deux enfants.	*f*	15	*Victor.*
9.	» (École de) Portrait.	»	22	*Brondgeest. b*
10.	» » La prise de Jérusalem.	»	10	*Enthoven.*
11.	Tête de vieillard.			
12.	Portrait.	»	2	*Clerks.*
13.	Fruits.	»	3	*Ellinkhuizen.*
14.	Le silence.	»	7	*Hovius.*
15.	Tête de Mercure.	»		*Pas vendu.*
16.	Trois enfants.	»	3	*Brondgeest. b*
17.	Vue sur un château.	»	3	*Brondgeest. b*
18.	Profil.	»	1	*Köhler.*
19.	Tête d'enfant.	»	12	*Bles.*
20.	Buste de vieillard.	»	5	*Ellinkhuizen.*
21.	Paysage avec figures.	»	8	*Le même.*
22.	Composition de trois figures par J. Heusinger.	»	6	*Brondgeest. b*
23.	Le Christ disputant avec les docteurs de la loi.	»	13	*Le même.*
24.	Bouquet de fleurs.	»	3	*Van der Laan.*
25.	Vue sur la ville de Dietz.	»	4	*Brondgeest. b*
26.	Intérieur de la Cathédrale d'Anvers.	»	19	*Le même.*
27.	Pièce de fruits; aquerelle.	»	6	*Le même.*
28.	Pièce de fruits; par Mahieu.	»	6	*Oltmans.*
29.	Vue de Suisse.	»	11	*Ellinkhuizen.*
30.	La chûte du Rhin à Schafhausen.	»	12	*Le même*
31.	Copie d'après : *le chapeau de paille*, de Rubbens.	»	1	*Brondgeest. b*
32.	Mad. Hamburger, copie d'après Ch. du Jardin.	»	15	*Oltmans.*
33.	Portraits de Rubbens et de sa femme.	»	28	*Brondgeest. b*
34.	La Vierge et l'enfant Jésus.	»	26	*Gaal.*
35.	Ducaju, d'après Rubbens. Portrait de femme.	»	12	*Brondgeest. b*

N°.		PROVENU.	NOMS DES ACQUÉREURS.

ESTAMPES.

N°.		PROVENU.	NOMS DES ACQUÉREURS.
36. La Madonna di St. Sisto de Rafael.	ƒ	2	Finck.
37. La Ste. Vierge avec l'enfant Jésus et St. Jean, gravure par VITALI, d'après RAPHAEL.	»	3	de Vries.
38. Le Jugement dernier, d'après MICHEL-ANGE.	»	20	Weimar.
39. Ste. Famille, d'après MICHEL-ANGE.	»	6	Dekker.
40. Tête de Christ.	»	1	Vos.
41. Le Christ guérissant les aveugles.	»	1	Brondgeest. b
42. Le vigneron payant ses ouvriers, d'après REMBRANDT.	»	6	Weimar.
44. Buste de femme et d'enfant, d'après RUBBENS.	»	6	Brondgeest. b.
43. Le Mage parmi les pasteurs, par DARMSTET.	»	2	van Buren
45. Le Mage, d'après DITRICY.			
46. Apothéose.	»	2	Brondgeest. b
47. Jeanne Albert, gravure par GUDIN.	»	2	J. de Vries.
48. Arrivée de S. M. le Prince Souverain des Pays-Bas.			Pas vendu.
49. The Waterloo Banquet at Aspley House; par WILLIAM GREATBACK.			
50. La baleine dans le port d'Ostende; deux pièces.	»	8	Brondgeest. b
51. Fête populaire à la Haye; deux pièces.	»	2	Guyot.
52. Vue de la fontaine d'Égérie et des ruines de Tivoli.	»	3	Hartogensis.
53. Vue sur le Rhin.	»	4	Nuyen.
54. Vues de Bade et de Heidelberg.	»	1	van Pruisen.
55. Le Taureau, d'après P. POTTER.	»	4	Hartogensis.
56. Portrait de Rembrandt.	»	4	Brondgeest. b
57. Portrait du duc de Wellington.			Pas vendu.

No.		PROVENU.	NOMS DES ACQUÉREURS.
58.	Portrait du duc de Wellington, par W. BROMLEY.		
59.	Portrait du comte de Hoogendorp.		
60.	Portraits des généraux van Geen et Chassé.		
61.	Portraits du ministre van Maanen et d'un général.	*Pas vendu.*	
62.	Portrait de W. H. Krieger.		
63.	Portrait d'homme.		
64.	Scènes de la Révolution Belge en 1830, d'après J. GEIRNAERT; 4 pièces lithogr.	*f* 16	*Oltmans.*

SCULPTURES, ETC.

No.		PROVENU.	NOMS DES ACQUÉREURS.
1.	LOUIS ROYER. Buste de Sainte Cécile.		*Pas vendu.*
2.	Deux pièces de fruits, sculptés en bois.	*f* 21	*Neubauer.*
3.	Vues en Italie, en mosaïque.	» 32	*Hooft.*
4.	Le Char d'Apollon; ciselure en cuivre.	» 4	*Brondgeest. b*
5.	Paysage d'Italie; sur porcelaine.	» 3	*Ellinkhuizen.*
6.	Bouquets de fleurs; peintures sur verre.	» 9	*Le même.*
7.	Allégorie, taillée en papier.		*Pas vendu.*
8.	Deux pièces, taillées en papier.	» 10	*Brondgeest.*

www.ingramcontent.com/pod-product-compliance
Lightning Source LLC
LaVergne TN
LVHW021759030726
842523LV00003B/1107